27 novembre 1905

Tableaux Modernes

OBJETS D'ART

ET D'AMEUBLEMENT

COLLECTION DE M. JULES JALUZOT

NOVEMBRE 1905

Tableaux Modernes

OBJETS D'ART ET D'AMEUBLEMENT

ANCIENNES PORCELAINES

Meubles

CONDITIONS DE LA VENTE

Elle sera faite au comptant.

Les adjudicataires paieront *dix pour cent* en sus des enchères.

L'exposition mettant le public à même de se rendre compte de la nature et de l'état des objets, aucune réclamation ne sera admise une fois l'adjudication prononcée.

Paris. — Imp. Georges Petit, 12, rue Godot-de-Mauroi. — 17892-05.

CATALOGUE

DE

Tableaux Modernes

PAR COURBET, ISABEY, JONGKIND, LAURENS, PASINI, ROYBET, ZIEM

Œuvre importante de JEAN-PAUL LAURENS

La Mort de Marceau

ANCIENNES PORCELAINES

A la Reine, de Charles Théodore, Chine, Japon, Höchst, Kronenbourg, [illegible] Niederwiller, Saxe, Sèvres, Vienne

SCULPTURES, MARBRES, BRONZES

OBJETS DIVERS

MOBILIER DE SALON

En tapisserie d'Aubusson du temps de Louis XVI

SECRÉTAIRE LOUIS XV — SIEGES LOUIS XVI

MEUBLES DES STYLES RENAISSANCE ET XVIII SIÈCLE

Le tout provenant de la

Collection de M. JULES JALUZOT

ET DONT LA VENTE AURA LIEU

HOTEL DROUOT, SALLES Nos 5 & 6

Le Lundi 27 Novembre 1905, à 2 heures 1 2.

COMMISSAIRES-PRISEURS

Me PAUL AULARD	**Me F. LAIR-DUBREUIL**
[illegible], rue Saint-Marc, [illegible]	*[illegible]*

EXPERTS POUR LES TABLEAUX

M. HENRI HARO	**MM. TEDESCO FRÈRES**
14, rue Visconti, et rue Bonaparte, [illegible]	*[illegible]*

EXPERTS POUR LES OBJETS D'ART

M. ARTHUR BLOCHE	**MM. PAULME & B. LASQUIN FILS**
[illegible], rue Saint-Georges, [illegible]	*[illegible], rue Laffitte, [illegible]*

EXPOSITIONS

PARTICULIÈRE : *Le Samedi 25 Novembre 1905, de 1 heure 1 2 à 6 heures*

PUBLIQUE : *Le Dimanche 26 Novembre 1905, de 1 heure 1 2 à 6 heures*

TABLEAUX MODERNES

CASTIGLIONE

1 — **La Leçon de musique.**

Signé à gauche.

Bois. Haut., 60 cent. ; larg., 5[illegible] cent.

CASTIGLIONE

2 — **Le Vieux galant.**

Signé à gauche.

Bois. Haut., 55 cent., larg., 46 cent.

COURBET

(G.)

3 — **La Trombe.**

Signé à gauche.

Toile. Haut., 65 cent; larg., 80 cent.

DAUBIGNY

(KARL)

4 — **Bords de rivière.**

Signé à gauche.

Toile. Haut., 48 cent.; larg., 80 cent.

DUPRÉ

(JULES)

5 — **Effet de soleil couchant (marine).**

Signé à gauche.

Toile. Haut., 33 cent.; larg., 41 cent.

JONGKIND

6 — **Les Patineurs.**

Signé à droite.

Toile. Haut., 34 cent.; larg., 47 cent.

ISABEY

7 — **L'Approche de l'orage (marine).**

Dans le petit port, les bateliers se hâtent de remonter la barque sur le rivage.

Signé à droite et daté.

Toile. Haut., 28 cent.; larg., 45 cent.

LAURENS

(JEAN-PAUL)

8 — L'État-major autrichien devant le corps de Marceau.

« Tous, pleins d'estime pour sa valeur et son beau caractère, s'empressèrent de le visiter : l'archiduc lui-même vint le voir. Kray, ce vieux et respectable guerrier, donna des marques touchantes de ses regrets, placé près du lit de Marceau... »

(Rapport officiel, 21 septembre 1796. Armée de Sambre et Meuse.)

Ce tableau est une des plus belles pages du grand artiste.

Médaille d'honneur, Exposition de 1877.

Signé à droite.

Toile. Haut., 2 m. 23 ; larg., 3 mètres.

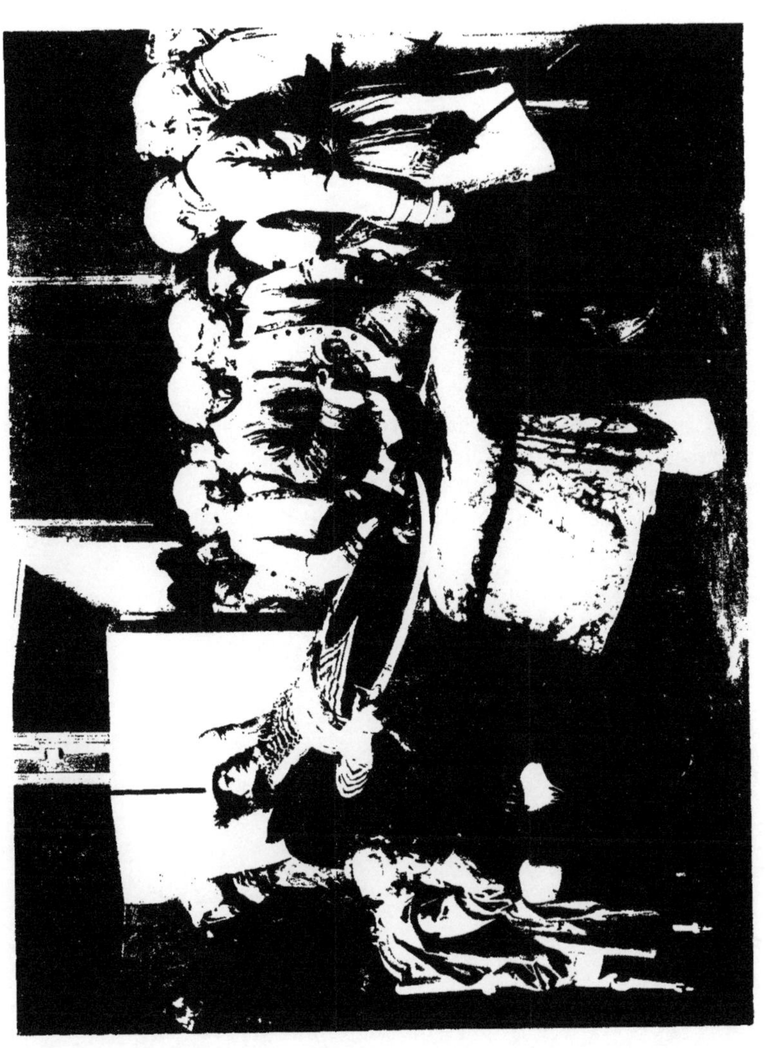

LE BLANT

9 — **Les Chouans.**

Signé à droite.

Toile. Haut., [illegible] cent. ; larg., [illegible]

PASINI

10 — **Le Marchand d'étoffes.**

Signé à droite.

Toile. Haut., 27 cent. ; larg., 22 cent.

PASINI

11 — **L'Abreuvoir.**

Signé à droite.

Toile. Haut., 22 cent. ; larg., 27 cent.

ROYBET

12 — Les Joyeux convives.

Dans un cabaret, quatre soldats en costume Louis XIII ont pris place autour d'une table chargée des restes du festin. L'un d'eux, brandissant un broc, chante une chanson bachique et est accompagné par son camarade qui joue de la guitare ; debout, derrière lui, un reître l'écoute, le verre en main ; le quatrième est assis, admirant le chanteur.

Dans le fond, des soldats lutinent des servantes.

Au premier plan, sur un tabouret, on aperçoit un jambon ; par terre, des huîtres et différents accessoires.

Signé à gauche.

Toile. Haut., 1 m. 65 ; larg., 1 m. 30.

F. Roybet

TITIEN

(D'APRÈS LE)

13 — **Vénus.**

Toile. Haut., 1 m. 20; larg., 1 m. 7[illegible].

ZIEM

14 — Venise.

C'est la sortie du Grand Canal au crépuscule. Sur la gauche, le Palais royal, la Piazzeta et le Palais ducal dominés par le Campanile et le dôme de Saint-Marc ; plus loin, le quai des Esclavons, où sont amarrées des barques.

Le soleil couchant éclaire de ses reflets le Grand Canal, où glissent quelques gondoles.

Signé à gauche.

Toile. Haut., [illegible] cent.; larg., 1 m. 27.

ZIEM

15 — **Les Barques.**

Une grande barque, aux voiles jaunes, est accostée par d'autres plus petites qui viennent opérer le déchargement.

Dans le fond, le Grand Canal, la Salute et, en face, le Palais ducal.

Signé à droite.

ZIEM

16 — **Vue de Hollande.**

Signé à gauche.

Bois. Haut., 65 cent.; larg., 49 cent.

[illegible]

ZIEM

17 — **Clair de lune (Venise).**

Signé à gauche.

Bois. Haut., 45 cent. ; larg., 75 cent.

ZIEM

18 — **La Gondole.**

Au premier plan, des lagunes et, dans le fond, on aperçoit Venise.

Signé à gauche.

Toile. Haut., 45 cent., larg., 65 cent.

19 — Sous ce numéro seront vendus les tableaux, aquarelles et dessins non catalogués.

20 — Sous ce numéro, les tableaux anciens et copies non catalogués.

400 Portrait d'homme, école française
210 Sujet mythologique, école française
500 Deux natures mortes, école française

PORCELAINES

21 — Sèvres. Deux tasses et leurs soucoupes, décor à médaillons de fleurs, bordures fond brun, guirlandes et rehauts d'or. Époque Louis XVI.

22 — Sèvres. Tasse et soucoupe, décor à bouquets de fleurs, bordures fond vert à fleurs rehaussées d'or. Époque Louis XV.

23 — Sèvres. Deux tasses et soucoupes, décor à bouquets de roses et semis de fleurs, bandes bleues rehaussées d'or. Époque Louis XVI.

24 — Sèvres. Tasse et soucoupe en pâte tendre, décor fond jaune à plantes et fleurs. Époque Louis XVI.

25 — Sèvres. Tasse à thé et soucoupe en pâte tendre, fond rose pointillé d'or à arabesques fleuries violacé, bordure fond bleu à médaillons de fleurs encadrés d'or. Époque Louis XVI.

26 — Sèvres. Tasse et sa soucoupe, décor à sujets chinois, bordure à fond d'or, dessin quadrillé. Époque Louis XVI.

27 — Sèvres (?). Tête-à-tête composé d'un plateau, deux tasses et leurs soucoupes, un sucrier couvert et pot à crème. Décor œil-de-perdrix sur fond vert, avec roses dans des réserves à rehauts d'or.

28 — Sèvres (?). Jardinière en pâte dure, décor fond vert à médaillons de fleurs et de fruits.

29 — Sèvres (genre). Tasse trembleuse et soucoupe, fond bleu turquoise et semis de fleurs de lis, avec médaillon portrait de femme.

30 — Locré. Tête-à-tête composé d'un plateau, cafetière, théière, pot à crème, sucrier et deux tasses avec soucoupes, décor têtes de femmes en ombres chinoises dans des médaillons, et au chiffre *L. L. D.*, encadrés de fleurs et de nœuds de rubans. Époque Louis XVI.

31 — A la Reine. Petite aiguière avec son bassin, décor à fleurettes d'or, bordures à guirlandes entrelacées. Époque Louis XVI.

32 — Saxe. Boîte rectangulaire à charnière, décor à bouquets de fleurs. Époque Louis XV.

33 — Charles-Théodore. Figurine allégorique à un des signes du Zodiaque.

34 — Kronenbourg. Service à café composé d'une cafetière, un pot à crème, un sucrier et six tasses avec soucoupes : décor oiseaux et paysages, fond à écailles de poisson.

35 — Vienne. Tasse et soucoupe, décor scène de bataille et armoirie.

36 — Vienne. Deux tasses et leurs soucoupes, décor à médaillons marins en camaïeu violet et or. Époque Louis XV.

37 — Niederwiller. Figurine en biscuit : la Ménagère. Époque Louis XVI.

38 — Hochst. Tasse trembleuse avec sa soucoupe, décor portraits en grisaille dans des cartouches encadrés de lauriers à rehauts d'or. Époque Louis XVI.

39 — Chine. Tasse et soucoupe, décor à fleurs de la famille rose.

40 — Japon. Deux tasses et soucoupes, décor en bleu.

SCULPTURES, MARBRES, BRONZES

41 — Groupe en marbre : *La Mort d'Alceste*, par Allar (signé).

42 — Statue en bronze : *David vainqueur*, d'Antonin Mercié, édition de Barbedienne.

Haut., 1 m. 05.

43 — Statue en bronze : *Le Chanteur florentin*, de Paul Dubois, édition de Barbedienne.

Haut., 1 m. 10.

44 — Haut-relief en bronze patiné d'or, représentant une statuette équestre : *Renommée*, sur fond en marbre onyx d'Algérie, posant sur socle en acajou, garni de bronze doré.

45 — Bas-relief en bronze : *La Vérité*, de Chapu, édition de Thiébaut frères, monté sur fond de marbre.

46 — Statuette en bronze : *Væ Victis*, de Gauquié.

Haut., 78 cent.

OBJETS DIVERS

47 — PENDULE en marbre blanc et marbre noir, forme monument orné de cariatides de femmes, couronnée par un aigle et deux figures d'enfants en bronze doré. Époque Louis XVI.

48 — DEUX BRULE-PARFUMS en bronze du Japon, offrant en bas-relief des volatiles dans des paysages, avec couvercles couronnés par des dragons, sur socles en bois de fer sculpté, à dessus de marbre.

49 — TABATIÈRE en nacre gravée, monture argent. Époque Louis XV.

50 — COFFRET en nacre avec applications d'argent, monture en bronze doré.

MEUBLES

51 — MEUBLE DE SALON composé d'un petit canapé et six fauteuils en ancienne tapisserie d'Aubusson, les dessins offrent des scènes champêtres, petits enfants dans des paysages dans des médaillons à draperies roses enguirlandées de fleurs, et les dessus de sièges des allégories aux fables de La Fontaine. Bois sculptés et dorés. Époque Louis XVI.

52 — MEUBLE DE SALON composé d'un canapé, quatre fauteuils et quatre chaises en bois sculpté et doré, couverts en tapisserie moderne d'Aubusson, à médaillons de fleurs contre fond rouge. Style Louis XV.

53 — Deux fauteuils couverts en tapisserie au petit point à bouquets de roses encadrés de feuillages. Époque Louis XVI. Bois sculptés noir et or.

54 — Grande bibliothèque bois sculpté, d'aspect architectural, ouvrant à deux portes, à colonnes détachées, la façade décorée de bas-reliefs à arabesques et figures. Style Renaissance.

Haut., 3 m. 10 ; larg., 2 m. 60.

55 — Banquette formant coffre, en bois sculpté, décor à rinceaux, accotoirs formé de chimères couchées. Style Renaissance.

56 — Deux crédences en bois sculpté, supportées par des griffons ailés, ornées de mascarons dans des cartouches à enroulements, offrant, sur la façade, des figures accouplées et des guirlandes de fruits. Style Renaissance.

Long., 2 m. 10 ; haut., 1 m. 30.

57 — Secrétaire en bois rose et palissandre, signé *J.-F. Lapie*. Époque Louis XV.

58 — Grand bureau à cylindre en acajou, à huit pieds, garni de bronzes dorés, moulures et perles, chutes à draperies, poignées ornées. Dessus de marbre avec galerie scellée. Style Louis XVI.

Long., 1 m. 80.

59 — Fauteuil tournant de bureau, en acajou, foncé de canne. Style Louis XVI.

60-61 — Deux jardinières en bois rose, ornées de petites plaques en porcelaine genre Sèvres et de bronze doré.

www.ingramcontent.com/pod-product-compliance
Ingram Content Group UK Ltd.
Pitfield, Milton Keynes, MK11 3LW, UK
UKHW020447180726
13839UKWH00004B/1684